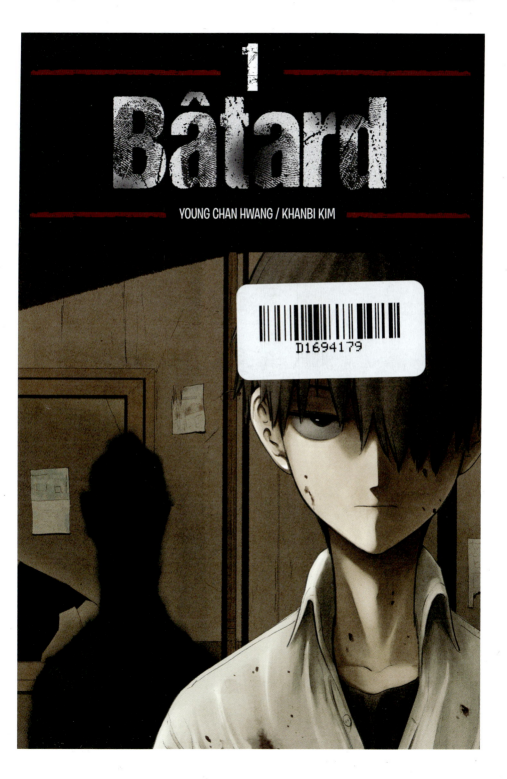

Bâtard

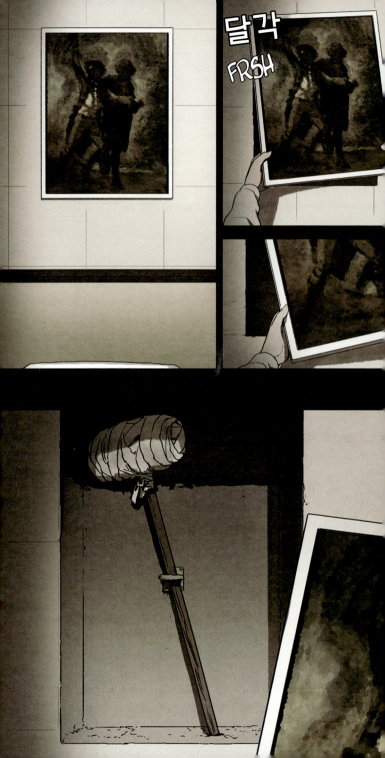

ET CE SONT AUSSI CEUX...

OÙ DES GENS ONT DISPARU DANS LE QUARTIER.

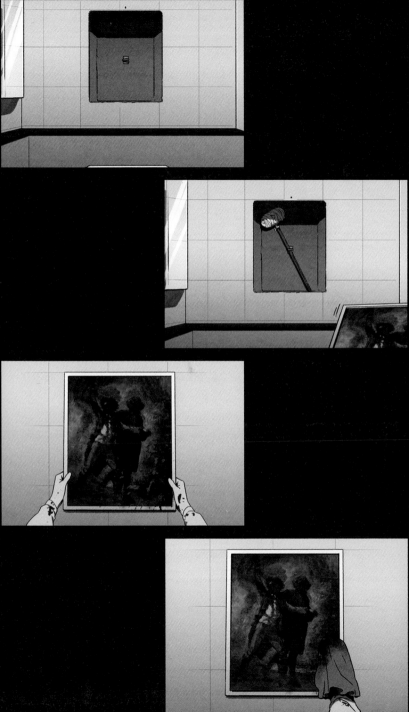

ÉPISODE 1

휘이이이
WOOOSH

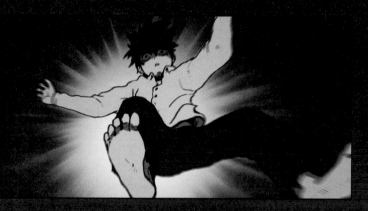

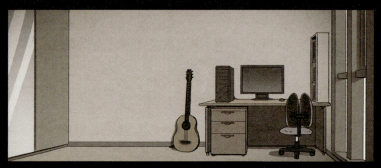

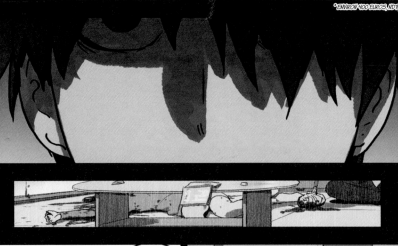

PAPA ?!

HI HI !

HA HA HA !

속 FSH

TU ME DÉGOÛTES...

PAN-SEOK HAN, LUI, EST PLUTÔT UN LOUP QUI RÔDE AUTOUR DU CHEF DE MEUTE...

IL NE ME HARCÈLE PAS DIRECTEMENT, MAIS LUI AUSSI POURRAIT ME DÉVORER EN UN INSTANT.

C'EST TOI, PAS VRAI ?!

...

D... DE QUOI TU PARLES ?

QUANT À LEE-HYEON PARK, C'EST UNE VRAIE HYÈNE !

C'EST LUI MA PLUS GRANDE MENACE.

UN LÂCHE PATHÉTIQUE QUI SE DÉFOULE SUR MOI PARCE QUE JE SUIS PLUS FAIBLE QUE LUI...

PLUS J'Y PENSE, PLUS JE TROUVE ÇA BIZARRE !

T'ES TOUJOURS ASSIS AU FOND DU GYMNASE SOUS PRÉTEXTE QUE TU TE SENS MAL...

ET MOI...

JE NE SUIS QU'UN FAIBLE HERBIVORE TOUT EN BAS DE L'ÉCHELLE.

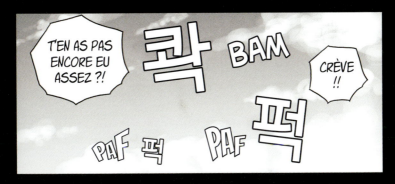

CETTE ESPÈCE...

DE SALE HYPOCRITE !

스윽
FRSH

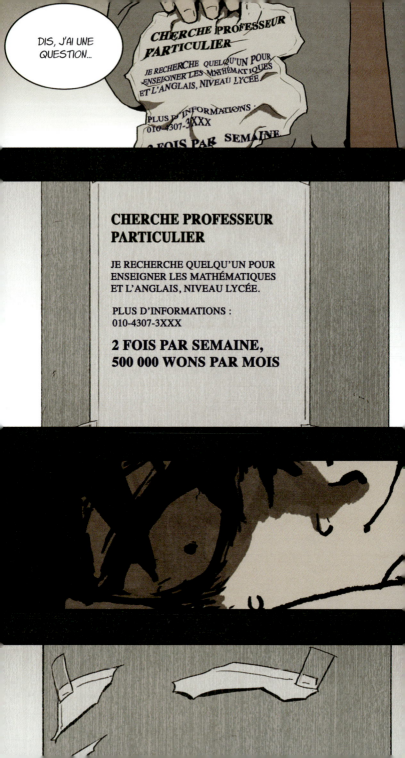

IL Y A AUSSI DES FORMES DE BONHEUR QUI NE VOUS FONT RIEN PERDRE...

CE SONT...

똑 TOC 　 TOC 똑

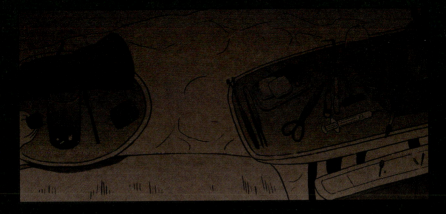

JE SAIS QUE C'EST IMPOSSIBLE...

MON PÈRE...

MAIS JE PRÉFÈRE DEMANDER, AU CAS OÙ...

CHERCHE PROFESSEUR PARTICULIER
JE RECHERCHE QUELQU'UN POUR ENSEIGNER LES MATHÉMATIQUES ET L'ANGLAIS, NIVEAU LYCÉE.
PLUS D'INFORMATIONS :
010-4307-3XXX
2 FOIS PAR SEMAINE,
500 000 WONS PAR MOIS

C'EST TOI QUI AS FAIT ÇA ?

EST UN MEURTRIER.

...

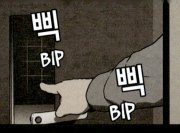

MON PÈRE...

EST UN MEURTRIER.

CLAC

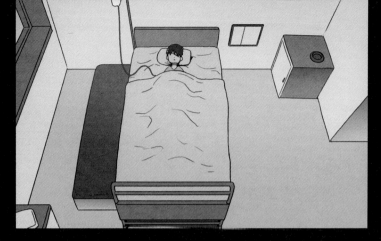

MON PLUS VIEUX SOUVENIR EST CELUI D'UNE CHAMBRE D'HÔPITAL...

AVANT ÇA, JE NE ME RAPPELLE RIEN.

MAIS À MON RÉVEIL, IL ME MANQUAIT DÉJÀ UN ŒIL...

J'AVAIS DU MAL À RESPIRER ET À BOUGER.

C'EST VRAI... UN DE MES YEUX EST UNE PROTHÈSE OCULAIRE...

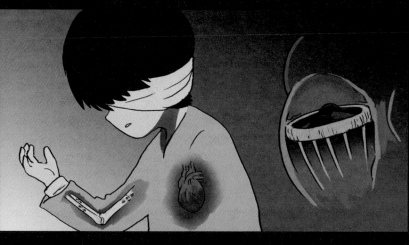

J'AI DES VALVES ARTIFICIELLES DANS MON CŒUR, AINSI QUE DE NOMBREUSES VIS ET PLAQUES EN MÉTAL SUR MES OS...

JE SUIS CE QU'ON APPELLE UN ENFANT HANDICAPÉ.

ON M'A DIT QUE MA MÈRE ÉTAIT DÉCÉDÉE QUAND J'ÉTAIS PETIT...

ET DONC, MON PÈRE ÉTAIT...

LE SEUL PARENT QUI ME RESTAIT...

AINSI QUE MON SEUL REFUGE AFFECTIF.

ENFIN, ÇA...

C'ÉTAIT JUSQU'À CE QUE JE DÉCOUVRE SON VRAI VISAGE...

"TU SERS À RIEN."

"ET LES BONS À RIEN...

DOIVENT MOURIR !"

ELLES N'ONT RIEN EN COMMUN !

LA NOUVELLE ÉLÈVE QUI T'A SAUVÉ LA VIE...

CE NE SERAIT PAS ELLE, PAR HASARD ?

BIEN SÛR QUE NON !

VRAIMENT ?

꿀꺽
GLOUPS
...

HAN HAN

L'AVANTAGE DES POMPES...

C'EST QU'ELLES NE LAISSENT PAS DE TRACES.

PFIOU...

C'EST VRAIMENT DUR...

HAN

HAN

삑- BIP
BIP
삑-

덜 컹

CLAC

On dit que lorsqu'un fils bat pour la première fois son père à un bras de fer...

Prêts ?

Il ressent une certaine tristesse.

Quelle blague !

Allez...

C'est parti !

Je suis un comédien exceptionnel...

Alors dis-moi, mon garçon... Tu aimerais faire quoi, plus tard ?

De nos jours, si tu ne te fixes pas d'objectif, tu te retrouves vite à la traîne !

Je devrais peut-être devenir acteur !

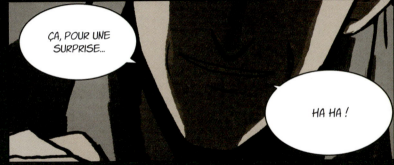

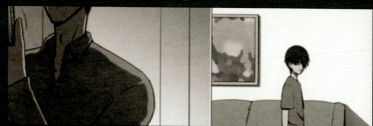

ET NE BAISSE JAMAIS SA GARDE, PAS MÊME POUR BOIRE UNE SIMPLE GORGÉE !

LE JOUR OÙ IL ME CONSIDÉRERA COMME UNE MENACE...

IL ME TUERA SANS LA MOINDRE HÉSITATION !

"HIER, J'AI COMMIS QUELQUE CHOSE D'INADMISSIBLE...

JE M'EN EXCUSE... S'IL VOUS PLAÎT, PARDONNEZ-MOI... JE NE LE REFERAI PLUS JAMAIS."

DIS-LE !

...

PAN-SEOK...

JAE-HYEOK EST UN LION...

PAN-SEOK EST UN LOUP...

ET LEE-HYEON EST UNE HYÈNE...

TOUS LES TROIS, ILS SONT EFFRAYANTS...

PARCE QU'ILS SONT PLUS FORTS QUE MOI ET QU'ILS PEUVENT ME FAIRE DU MAL...

JE M'APPELLE GYEON YUN !

MAIS...

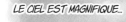

LE CIEL EST MAGNIFIQUE...

ALORS TOUT IRA BIEN !

OU PAS...

C'EST QUOI CE BRUIT ?

ON APPELLE ÇA UNE VALVE ARTIFICIELLE...

ÇA FAIT UN SON UN PEU DÉSAGRÉABLE, PAS VRAI ?

휘이이
FIUUUU

AH...

HMM...

CE CRÉTIN PENSAIT QUE JE LUI AVAIS PRIS SON PORTE-MONNAIE... BREF...

C'ÉTAIT UN MALENTENDU...

NON, JE PARLAIS DE L'HÔPITAL !

POURQUOI TU T'ES ÉNERVÉ COMME ÇA ?

MIAM !
MIAM !

C'EST BON...

MIAM !

J'AI FAIT QUELQUE CHOSE DE MAL ?

C'EST SUCRÉ !

MOI NON PLUS, JE NE SUIS PAS TRÈS EN FORME...

CE N'EST PAS PARCE QU'ON EST JEUNE QU'ON EST FORCÉMENT EN BONNE SANTÉ !

PFF...

C'EST À CAUSE DU MANQUE D'ÉDUCATION, ÇA !

C'EST PARCE QU'ILS N'APPRENNENT PLUS RIEN CORRECTEMENT QU'ILS SONT COMPLÈTEMENT PAUMÉS...

TSS...

ILS ONT BEAU ALLER À LEURS COURS PRIVÉS POUR APPRENDRE L'ANGLAIS, LÀ...

EN FAIT, ILS NE SAVENT RIEN DU TOUT !

FRANCHEMENT, LES GAMINS, DE NOS JOURS...

MAIS QU'EST-CE QU'IL A LUI ?

소곤 소곤

BLA BLA

JAE-HYEOK...

IL EST RICHE, IL A DE BONNES NOTES, ET IL SAIT SE BATTRE...

C'EST UN DIGNE REPRÉSENTANT DE L'ÉLITE !

MÊME S'IL AIME HARCELER LES AUTRES...

MÊME S'IL AIME HARCELER LES AUTRES...

GLOUPS

ATTENDS !

?!

ÉPISODE 10

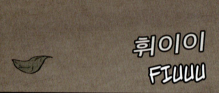

HA HA HA!

HA HA HA!

후우
PFF

BIEN SÛR...

Où que tu ailles,
on te retrouvera !

Prêteur privé,
Kwang-Cheol Jeon.

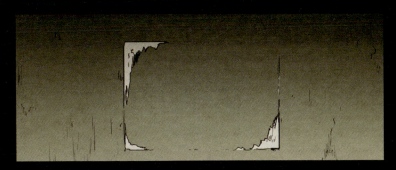

ÉPISODE 12

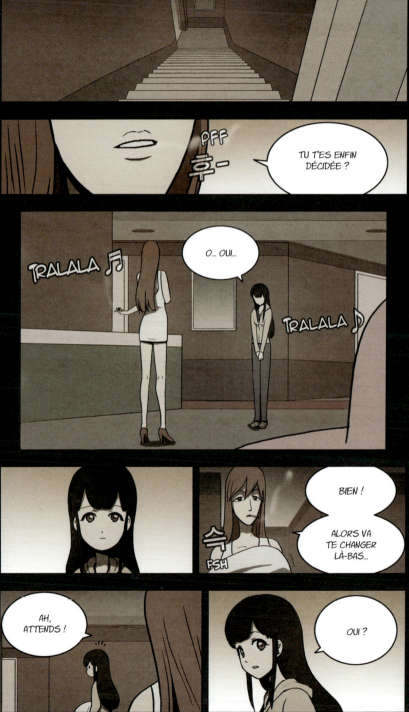

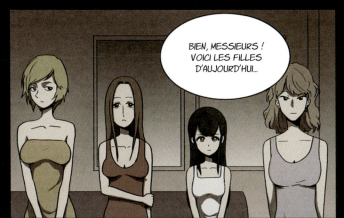

EST-CE QUE JE DOIS VRAIMENT SUPPORTER ÇA ?

JUSQU'OÙ JE VAIS SUBIR CE GENRE DE...

주물 FUIT FUIT 주물

ÉPISODE 13

TOUT NE DOIT FAIRE PLUS QU'UN, FAUT QUE CE SOIT FLUIDE !

TON REGARD DOIT TOUJOURS...

ÉPISODE 14

COMMENT UNE MAUVIETTE ET UN LÂCHE COMME LUI...

QUI NE S'EST JAMAIS BATTU DE SA VIE...

A PU METTRE UNE TELLE DROITE À CE TYPE...

EN PLEINE POIRE ?

130 MILLIONS DE WONS*...

...

*ENVIRON 100 000 EUROS, NDT.

C'EST UNE GROSSE SOMME?

COMBIEN COÛTE LA PARTIE DU TOWER PALACE QUE POSSÈDE MON PÈRE ?

ET COMBIEN VALENT TOUTES SES ACTIONS RÉUNIES ?

QUOI QU'IL EN SOIT, UNE SOMME PAREILLE...

C'EST SÛREMENT RIEN POUR LUI !

ALORS QUE POUR GYEON...

AH LÀ LÀ...

À T'ENTENDRE, ON CROIRAIT QUE TU ES RICHE !

...

TU ME DEMANDES ÇA PARCE QUE TU VEUX M'AIDER À REMBOURSER ?

MÊME SI JE PEUX PAS MAINTENANT...

DANS UN FUTUR PROCHE, J...

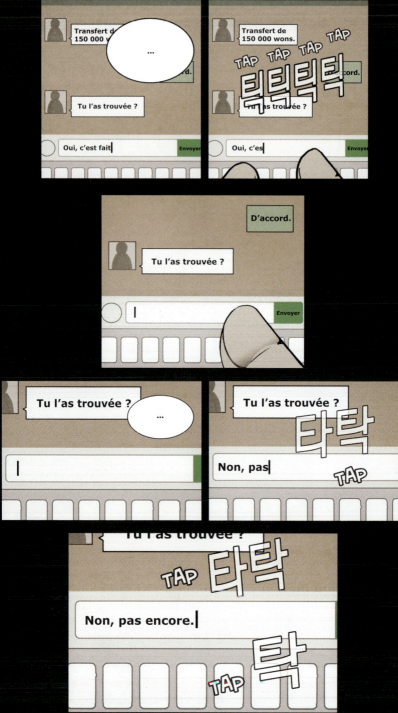

꾸욱 TAC

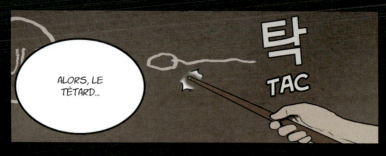

NON MAIS JE RÊVE...

ÉPISODE 16

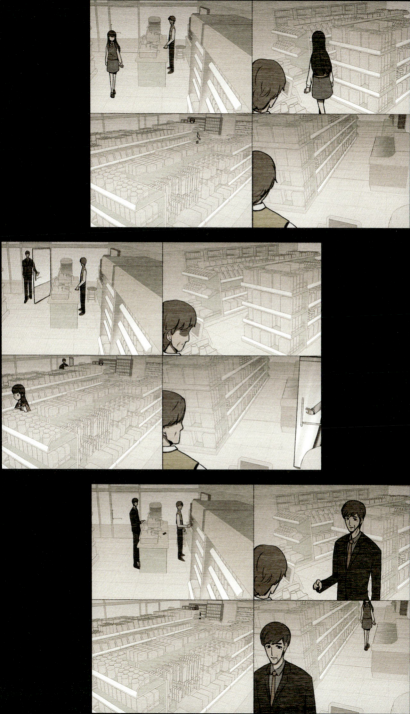

ÉPISODE 18

DOL-JEONG

Et alors, il est comment ton nouveau lycée ? Tu t'y plais ?

DOL-JEONG

Il y a des beaux mecs ? Ha ha !

Je sais pas trop, mais dès le premier jour, ça a été assez mouvementé...

DOL-JEONG

Hein ? Pourquoi ?! Il s'est passé quoi ?

Rien, disons que j'ai juste sauvé quelqu'un.

Hi hi...

DOL-JEONG

C'est un garçon ? Il est beau ?

Oui, un garçon. Il est assez timide. Il est mignon, mais c'est un peu le souffre-douleur de service...

DOL-JEONG

DOL-JEONG

Ouh là... Si j'étais toi, je ne le fréquenterais pas !

DOL-JEONG

Sinon tu vas devenir comme lui !

Le pire, c'est qu'il est mal élevé...

DOL-JEONG

Ça craint !

DOL-JEONG

...

DOL-JEONG
Ça te dirait qu'on se voie un de ces jours ? T'as déménagé où ?

C'est un secret. Tu sais bien que j'ai des soucis...

DOL-JEONG
Ah oui, c'est vrai... les dettes de ton père... Préviens-moi quand ça se sera tassé. J'apporterai quelque chose pour ta pendaison de crémaillère, ha ha !

PETIT CHIEN

?!

FUIT 스윽

Ah oui, c'e
TAP 꾹
PARASITE
Petite garce, t'auras b

◀ 0   **PARASITE** |

PARASITE
Petite garce, t'auras beau t'enfuir, on te retrouvera ! T'as intérêt à nous rembourser avant qu'on vous foute dans un tonneau, qu'on le remplisse de ciment et qu'on vous balance à la mer, toi et ton grand-père sénile. T'as qu'à faire le trottoir, sale traînée !

traînée !

PARASITE
Eh, si t'as lu mon message, réponds avant que je te casse la gueule !

PARASITE
Tu ferais mieux de répondre avant que je te transforme en pâtée pour chien !

...

HA...

PETIT CH[A]

PARASITE

Petite garce, t'auras beau t'enfuir, on te retrouvera ! T'as intérêt à nous rembourser avant qu'on vous foute dans un tonneau, qu'on le remplisse de

HA HA...

CLAC 벌떡

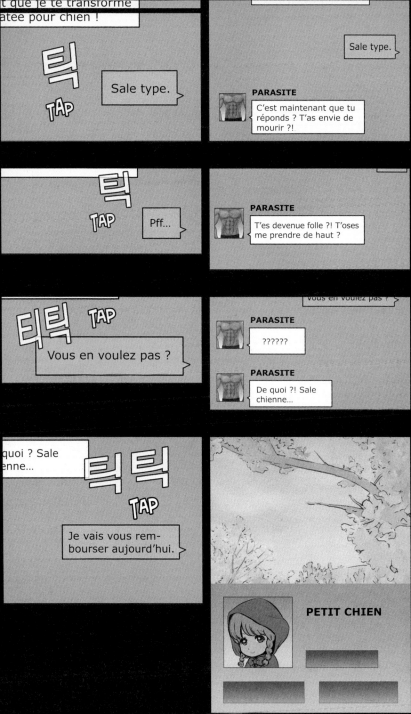

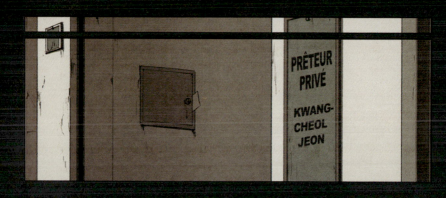

PETITE VOLEUSE

On se voit à la station *san.

HMM...

CETTE SALE MIOCHE ...

D'OÙ ELLE LE SORT, SON POGNON ?

BOSS, VOUS ALLEZ QUELQUE PART ?

ON DIRAIT QUE GYEON YUN VA NOUS REMBOURSER !

ELLE A GAGNÉ AU LOTO OU QUOI ?

!

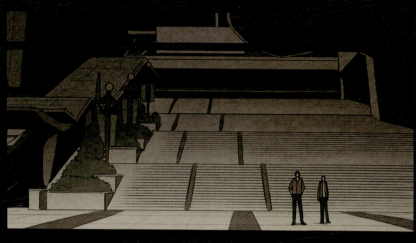

OUH LÀ... IL FAIT PAS CHAUD !

C'EST DÉJÀ PRESQUE L'HIVER !

ILS SONT BIEN COURAGEUX, À LES VOIR DORMIR COMME ÇA...

EH, MAN-DEUK... VA NOUS ACHETER DES BROCHETTES DE POISSON FRIT...

!

ÉPISODE 20

JE DOIS GARDER MON SANG-FROID...

QUOI ? MAIS COMMENT ?

LE DERNIER ENDROIT OÙ TU PENSES L'AVOIR VU, C'EST LA SUPÉRETTE, C'EST ÇA ?

OUI, MAIS...

IL N'Y ÉTAIT PAS...

ET LES CAMÉRAS DE SURVEILLANCE ?

HEIN ?!

TU LES AS VÉRIFIÉES ?

ET MERDE...

!

JE ME CHARGE DE TROUVER TON TÉLÉPHONE, NE T'EN OCCUPE PAS !

QU'EST-CE QU...

AUJOURD'HUI, NE RENTRE PAS CHEZ TOI !

VA PASSER LA NUIT DANS UN CYBERCAFÉ OU UN SAUNA, OK ?!

ET SURTOUT ...

SURTOUT ...

N'APPELLE JAMAIS CE NUMÉRO...

COMPRIS ?!

EUH... IL EN FAIT PAS UN PEU TROP, LÀ ?

POURQUOI TU NE DOIS PAS APPELER ?!

ET JE NE PEUX PAS NON PLUS RENTRER CHEZ MOI ? C'EST QUOI, CETTE HISTOIRE ?

IL FAUT QUE JE M'OCCUPE DE MON GRAND-PÈRE !

!

AH !

?

PAPA

J'ai trouvé sa maison.

...

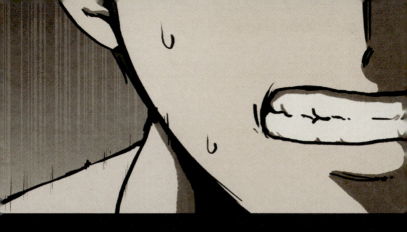

D'AILLEURS, MAINTENANT QUE J'Y PENSE...

POURQUOI EST-CE QUE JE SUIS AUSSI CALME ?

EN FIN DE COMPTE...

IL A RÉUSSI À RETROUVER GYEON...

...

Bâtard

Bastard ©2020. Youngchan Hwang, Carnby Kim
All Rights Reserved.
French translation © 2020. WEBTOON

Édition française

Adaptation graphique :
Clair Obscur

ISBN : 979-10-327-0848-4
Dépôt légal : mars 2021
Achevé d'imprimer en Slovénie par GPS